رواية

وهربت الأميرة

د. جُمان الريحاني

إهداء..

إهداء إلى الحرية

وعشاق الحرية

إهداء إلى من لا يرضى الظلم والى من يصبر فينال
الحرية بشكل أو بآخر

إهداء إلى كل امرأة حرة

وإلى كل امرأة هي أميرة في داخلها وفي حقيقتها

حقيقتها المطلقة

جمان الريحاني

الملوك السبعة

كان يا ما كان في قديم الزمان

يحكى أنه كانت هناك مملكة للسحر، وفيها يعيش السحرة والمشعوذون وخدامهم، وكل من يمارس السحر ولا يعيش فيها إلا هم.

لم يكن هناك أحد يعلم بمكان تلك المملكة بالضبط، إلا انه من المعروف أنها موجودة، حتى أن ما فيها كامن مجهولا أو شبه لغز عن الناس العاديين.

ومن الأمور الغريبة في هذه المملكة، والذي لم يسمع به أحد من قبل، وهو أمر غير معهود هو أنه لم يكن لها ملك واحد بل كان للملكة سبعة ملوك، وهؤلاء الملوك يتناوبون على الحكم.

سبع ملوك متفاهمون على أنهم جميعا ملوك، وكلهم يحكمون هذه المملكة بكل اتفاق وتفاهم.

سبعة ملوك كل من يتميز بمميزات لا توجد في الآخرين، وكل منهم يستطيع أن يحكم بلاد بمفرده، ولكن شاءت الأقدار أنهم سبعة ملوك لمملكة واحد.

وجميعهم في عهدة واحد أي أنهم ليسوا متتاليين من حيث الحكم بل هم ملوك في الآن نفسه، ويحكمون مع بعضهم تلك المملكة القوية، والتي لا يمكن استبدالها بأية مملكة على وجه الأرض والبسيطة.

يتشاور أولئك الملوك فيما بينهم على كل ما يخص المملكة والشعب، حتى على الأوامر التي يتم إصدارها، وإن حدث واختلفوا فيما بينهم فيتم في تلك الحالة اللجوء إلى التصويت والأخذ برأي الأغلبية، دون أن يغضب أحد أو ينزعج أحد وهذا كان الخيار الأكثر حكمة لحل الأمور التي قد تعلق بين الحين والآخر.

المملكة الخالدة

كان سكان تلك المملكة من الخالدين أي أنهم لا يموتون أبدا، السكان والملوك وكل من على تلك الأرض وكل من هو على حدودها رغم أنه في العادة لا يدخلها أحد، ولا يخرج منها أحد، أي أن الجميع هناك هم سكان أصليون.

لم يكونوا يموتون لسبب معين، وهو لأن الموت لا يعرف طريقا إلى بلادهم.

نعم..، لقد كان الأمر صحيحا فالموت لم يكن يعرف الطريق إلى تلك المملكة، وهذا لم يكن هكذا من القدر بل يعود إلى سبب معين، والى زمن معين كان قبلها الوضع عادي والناس هناك يموتون مثل كل المخلوقات على وجه الأرض، ولكن فيما بعد وفي فترة معينة تغير الوضع وأصبح مثلما هو عليه اليوم.

يرجع السبب إلى لعنة تم إلقاؤها في يوم من الأيام يوم كان بعيدا، حيث في ذلك اليوم ألقت ساحرة عجوز وهي والدة أكبر ملك من الملوك السبعة يوم وفاتها خوفا على ابنها من بعدها

لم تكن تريد أن يموت ابنها بأي طريقة كانت، وهكذا وقبل وفاتها أمضت سنوات كثيرة، وهي تبحث عن طريقة لردع الموت، ولكنها لم تستطع هي التملص من الموت.

ماتت تلك الساحرة العجوز لكنها وجدت الحل قبل وفاتها، وأضافت للجرعة النهائية آخر أنفاسها هي لكي تنفذ اللعنة إلى الأبد.

لقد وضعت فيها من روحها، تقدمت بجزء من روحها، لكي تحمي اللعنة وتحصنها وتجعلها لا تكسر أبدا.

وهكذا أصبحت كل المملكة خالدة، ومنذ ذلك اليوم لم يمت أي أحد، أي أحد تركته الساحرة العجوز وراءها حيا أو كان قد ولد بعد وفاتها، وقد عمّت اللعنة على الجميع، رغم أنها قامت بإلقائها من أجل الحفاظ على حياة ابنها الوحيد، هذا الابن الذي أصبح يبلغ ألاف السنين.

الأميرة الموعودة

وفي يوم جاء أحد السحرة إلى الملوك السبعة، وأخبرهم عن ولادة أميرة موعودة، إنها الأميرة ذات الجمال التي تربط بولادتها بعض الأساطير.

أميرة سمعوا عنها الكثير قبل أو تخلق، وقبل أن يحين عصر تولد فيها عصر غير معلوم.

أميرة لم يكن أحد يعتقد بأنها سوف تولد في عصر قد يشهده عن قريب، رغم أنهم قد عاشوا آلاف السنين.

أميرة كانت ولادتها بشارة خير، وولادتها تحمل الخير الكثير لمن يقدر له أن يقابلها أو ربما تكون له علاقة معينة معها.

لقد كانت الأميرة ذات الجمال من فصيلة نادرة من الأحصنة البرية النادرة، والتي ترعى بإحدى المناطق على أرض البشر.

لم تكن مجرد فرس عادية بل كانت امرأة تستطيع أن تغير شكلها بين امرأة وحصان من أجل الحماية والتخفي أيضا، لأن أحد أهم أشكال تجسدها هي أنها من فصيلة أحصنة نادرة الوجود.

أحصنة برية أصيلة جميلة وقوية ولها مواصفات نادرة في جلدها وشعرها وعظامها القوية.

لها أيضا سرعة البرق، وصوت الرعد، ودويّ السماء، وقوّة السيول، والأمطار الغزيرة.

لها رائحة عنبرية، ويخرج من جلودها عنبر صاف وحقيقي، والذرة منه تُثمّن بالثروات ولا تهدى

إلا للملكات، ولكن الفرس التي تؤخذ منها كميّات العنبر، تفقد القدرة على الحياة لأنه ينتج من الروح، ويتكون في طبقات الجلد، فإما تستعمله للنجاة من الموت أو تفقد حياتها بفقدانه دفعة واحدة.

الأميرة المنتظرة

تمتلك هذه الأميرة المنتظرة منذ آلاف السنين، شيئا يجعل الجميع يطمع في امتلاكه لكي يمتلكه.

ولكن يعتبر هذا وَهم للشجعان، وحلم لا يصدق لمن يريد أن يتبع الأحلام، ولكنه لن يتحقق في النهاية لأنه أميرة أسطورية، ولم يسبق أن خلقت مثلها أميرة.

تمتلك تلك الأميرة قوة سحرية خارقة، وذلك لأنها تستطيع أن تغير شكلها بكل سهولة.

وهذه الميزة تمكنها من أن تدخل أي أرض كانت، أو أي مكان حتى لو كان ممنوعا أو ملعونا أو أرض محرمة، كما أنها لها قدرات خارقة أخرى.

لقد كانت محصنة بطريقة معينة تجعلها تخترق الأبواب والحصون الملعونة، وهذه ميزة لا تتوفر في أعظم ساحر أو مشعوذ.

وهذا الأمر يجعلها أقوى من أي ملك من الملوك السبعة، بل كانت حتى من الملوك السبعة مع بعض، إلا أنها لم تكن شريرة ولم تخلق لكي تشن حروبا وتدخل معارك، ولكن تلك ميزتها القوية أن لديها قوة تجعل أيّ شخص يغار من سماعه لما تمتلك، وربما يطمع في أن يمتلك قواها.

لقد كان الجميع وبدون استثناء مبهورين في قهوة الأميرة العظيمة، والتي كانت بالنسبة إليهم قوة أسطورية، ولكن ولأن الأميرة قد ولدت فقد أصبح الأمر حقيقي والقوة موجودة.

قوة يمكن لمن يمتلكها أن يصبح أقوى شخص في العالم، ولكنها ملك للأميرة ولا يستطيع أحد أن يسرقها منها بسهولة.

ولأنه لم يمر إلا وقت قصير منذ ولادة الأميرة، فهي لم تستعمل قواها بعد وكلما يعرفه الجميع كان تلك الصفات التي أتت بها الأسطورة لا غير، ولكن الأمر كان أكيدا بأنها هي صاحبة القوة العظيمة وقد أصبحت اليوم موجودة على سطح الأرض.

الملك كب كبوت

عندما سمع الملك كب كبوت وهو أحد الملوك السبعة، وثاني أقوى الملوك والسحرة في تلك المملكة، بذلك الأمر قرر بأنه يجب أن يقوم باصطياد هذه الأميرة التي ولدت وبلغت سن الزواج في نفس اليوم.

لقد قرر أن يمتلكها وأن لا يمتلكها شخص غيره وذلك لكي يقترن بقوتها فيخلصها منها.

أيّ أنه كان يريد أن يستولي على قواها، ولا يمكن فعل ذلك إلا بالزواج بها.

الملك كب كبوت كان ساحرا شريرا وصارما إلا أنه لم يكن ضد الملوك، ولم يكن خارجا عن القانون أو عاصيا يوما في العلن، وبالرغم من ذلك فقد كانت له مخالفاته الخفية.

كان الملك كب كبوت هو ثالث أكبر ملك بالنسبة للسّن وقد كان شيخا عجوزا، إلا انه يحافظ على بعض الشباب الظاهر بواسطة الخلطات السحرية.

لم يكن مثل بقية الملوك، فهو لم يكن راضيا بتقدم العمر الذي يظهر عليه، ولم يكن يحب التجاعيد ولا الجلد المترهل لذا كان دائم العناية بنفسه، وذلك باستعمال أقوى الخلطات السحرية والسرية.

نعم لقد كان لديه مختبر صغير وفيه ساحر متدرب يقوم بتحضير الخلطات له بكل سرية، ولا يكشف عن أسراره بحياته.

ولكنه وبالرغم من كل محاولاته فقد كان رجلا كبير السّن طويل القامة ومتوسط الوزن، وله شارب

خفيف وعيون بهالات سوداء ومقدمة رأس صلعاء وخالية من الشعر، ولكن في القفا بعض الشعر الطويل نوعا ما، ولكنه خفيف ومجعد، لذا كان يضع عصابة على مقدمة رأسه، عند الخروج من البيت ويرتدي برنسا دائما.

ولم يكن لديه أولاد لأنه لم يتزوج فقد كان يرى بأن نساء مملكته لا يصلحن للزواج، وذلك لأنهن لا يتمتعن بصفات الجمال وكان ممنوع عليه أن يدخل أي امرأة من عالم آخر إلى المملكة، فبفعل ذلك يكون قد خرق قوانين تتعلق بكونه ملكا، وربما يكون لها الكثير من العواقب التي لا تحمد عقباها.

وهذا ما جعله لا يتزوج، ولكنه كان يحلم بأن يتحصل على امرأة مميزة في يوم من الأيام، فالحياة طويلة ولا خوف من الموت فلما الاستعجال.

وعزوفه على الزواج لم يجعله يشعر بعجز أو نقص أمام الملوك الستة، بل كان الأمر غير مزعج بالنسبة له أبدا.

لكن عزوفه لم يمنعه من عيش حياته بالطول والعرض، فقد كانت له خليلات كثيرات.

زواج الأميرة

لقد كان الوقت ضيقا فقد ولدت الأميرة وبلغت سن الزواج في نفس اليوم الذي سمع فيه الملوك خبر ولادتها، ولكن كان عليه أن يتصرف بسرعة كبيرة لكي يفوز بالجائزة.

لقد أراد الملك كب كبوت أن يصطاد الأميرة قبل أن يقام حفل الزفاف الملكة الذي كان مقررا من أجلها، فقد تمت الترتيبات قبل ولادتها وتم تجهيز كل شيء.

لقد اتخذ ذلك الملك كب كبوت ذلك القرار بأن يصطادها، ويختطفها لكي يجعل منها زوجة له.

لقد كان الملك كب كبوت يعلم مدى قوة الأميرة والقدرات التي تمتلكها، وأراد أن يسيطر على تلك القوة وأن يضمها إلى قوته من أجل أن يحكم المملكة، ويصبح الملك الوحيد عليها

طموح الملك

ومن أهم الأسباب التي جعلته يقرر اصطياد الأميرة هو حب الملك أولا، وثانيا أنه لم يكن في الحقيقة راض بأنه يحكم مع باقي الملوك، ولكم يكن مقتنعا بالشراكة في الحكم معهم، فقد كان أحدهم يحكم ليلا وآخر يحكم نهارا.

وآخر يحكم مع الشمس وآخر يحكم مع القمر.

وآخر عندما يكون الجو ماطرا، وأحيانا يتناوبون على الحكم، وفق معايير أخرى ولكنها كلها محسوبة، ولا يوجد أي تصرف اعتباطي.

لقد أراد ذلك الملك أن يتزوج بالأميرة لكي يصبح قادرا على أخذ أي شكل وأن يدخل الأماكن المغلقة والمحرّمة أيضا.

ومن أجل هذا الهدف، ومن أجل هذه الغاية قرر الساحر الملك كب كبوت أن يسخر كل قواه من أجل هدف واحد، وذلك الهدف سيحدث له كل أهدافه.

لقد قرر أن يسخر كل قواه من أجل اصطياد الأميرة ذات الجمال، ولكن في سريّة تامة، لقد أخفى الأمر عن الجميع لكي لا يتم إحباط خطته العظيمة، وأيضا لأنه يعمل بأن تلك الأميرة هي حقا أميرة نادرة وفريدة.

لقد كانت الأميرة جميلة جدا على هيأة بشر،
عيونها صفراء وشعرها أشقر ناعم وطويل، وبشرتها
بيضاء تلمع كالثلج الأبيض وعليها بعض اللون
الوردي.

جميلة الوجه، بتفاصيل متناسبة ومتناسقة، لها
عيون كبيرة بعض الشيء ورموش طويلة ولها حسنة
تحت عينها اليمنى صغيرة الحجم ولكن لأن بشرتها
صافية، فمن يدقق النظر يمكنه أن يرى الحسنة خفيفة
اللون.

وللأميرة قامة معتدلة الطول والوزن بشكل متناسب.

كانت تبدو وكأنها حورية من الجنة

لا يصدق من يراها بأنها قد حصلت على ذلك الجسد، الذي نمى في يوم واحد وبهذه الروعة والجمال.

لقد كانت تبدو كأنها منحوتة يونانية استغرق نحتها لكي تبدو بهذا المظهر الجميل شهورا طويلة، وكان نحاتها مترددا ويرى بأن تحفته قد تحتاج وقتا أطول لكي تصل إلى الجمال الكامل والكمال الجمالي.

لقد كانت أجمل من كل الفتيات والنساء في فصيلتها، رغم جمالهن البارع ولكنها كانت ذات امتيازات كثيرة.

وقد كانت الأميرة جميلة أيضا في شكلها كحصان، كانت فرسا جميلة قوية البنية جلدها براق وشعرها لمّاع ولها سرعة تسابق بها الريح.

كما أن الجميع كانوا يعلمون بأنها الأقوى على الإطلاق والأسرع سواء مقارنة مع الإناث أو الذكور، فقد خلقت بهذه القوة، والجميع يعلم ذلك حتى من لا يعرفها لأن كل صفاتها كانت معلومة مع الأسطورة التي تحكي قصتها.

سخر ذلك الساحر كل جهوده من أجل ذلك الهدف،
الذي سيجعل منه زعيما قويا وملكا لا يقهر.

إن حصوله على تلك القوة سوف يجعله يحكم
المملكة والعالم إن أراد، إذ تمكنه من الفوز في حروب
دون أن يخوضها.

درس خطته جيدا قبل الانطلاق وأعد عدته من
أجل ذلك بإحكام وهكذا خاض حربا ضارية وفق خطته
المحكمة واستطاع أن يصطادها.

لقد ألقى القبض عليها بعد أن قتل الكثيرين، لم يكن أهلها خالدين ولكن كان زواجها سوف يضمن لهم حياة رغيدة ومريحة.

كانت ولادتها بشارة خير، وفرح الجميع بها وكانوا ينتظرون حفل زفافها بفارغ الصبر، لأنها وعندما تبلغ سنّ الزواج ويحدث الزواج الموعود سوف تضمن لهم الحياة الهادئة والأمان لعمر طويل.

لقد ارتبطت ولادتها بالخير والحب والفرح السعادة، التي ستعُم العالم مع ولادتها، كما أن ولادتها ارتبطت بكل تلك القوى العظيمة التي ولدت معها فقد كان الجميع متشوقون لرؤيتها تستعرض قواها يوما، وقد كان ذلك اليوم هو اليوم الموالي لزفافها.

حيث في اليوم الموالي للزفاف سوف تتمكن الأميرة من استعراض قواها، وحينها فقط يمكنها أن تتحكم بالقوى التي ولدت معها أما قبل ذلك فهي تعتبر قوى كامنة، ولا يمكن أن تستعملها لا في خير ولا في دفاع أو غير ذلك، وهذا ما جعل زفافها في نفس يوم

ولادتها وأيضا هذا ما جعل الجميع متشوقون لزواجها، ولرؤية القوى الخارقة التي سمعوا عنها لآلاف السنين.

أسر الأميرة

بعد أن قبض الملك الساحر كب كبوت على الأميرة ذات الجمال أخذها إلى مملكته التي لا يدخلها أي شخص غريب، مهما كان نوعه أو من أي مكان كان، المملكة التي لا يعرفها الموت.

تمكن الملك الساحر من إدخال الأميرة ذات الجمال إلى مملكته لأنها كانت تمتلك تلك القوة التي تجعلها تدخل أي مكان بكل سهولة ولو كان ممنوعا، محرما أو صعبا.

بعد أن قتل المشعوذ العديد من الأحصنة البرية التي كانوا أفرادا من عائلتها.

لقد كانت فصيلة نادرة وجميلة، وخسارة قتل كل تلك المخلوقات الجميلة.

اتخذت الأميرة ذات الجمال هيأة إنسانة، ولم تستطع العودة إلى شكلها كفرس لأن كل قواها قد تجمدت بمجرد دخولها إلى مملكة "السرايات الملوكية"

لقد كانت فاتنة بعينيها الصفراء فاتحة اللون، والشعر الحرير الطويل، وقامتها الجميلة، وجسمها المثير والمتناسق والأنثوي.

وقد كانت مضيئة بعض الشيء فكانت هناك هالة محيطة بها، تجعلها منيرة في جلوسها أو في مشيتها، وهذه الميزة لم تكن موجودة لدى نساء المملكة التي يمكن أن تلقب بالمملكة المظلمة، لأنهم يميلون للألوان القاتمة في ثيابهم وأثاث بيوتهم.

أما بالنسبة للأميرة فحتى ثوبها كان يميل إلى اللون الأصفر قليلا، وعليه بعض البريق.

تخوف الملوك من قوة الملك كب كبوت

بعد أن علم الجميع بذلك الأمر، أي بأن الساحر قد احضر أميرة الأحصنة البرية، قامت الدنيا ولم تقعد وعمّت الفوضى في كل أرجاء المملكة.

لقد عمّت فوضى كبيرة كل المكان.

أما بالنسبة للملك كب كبوت فقد كان سعيدا فأمر بإقامة الزفاف الملكي على الفور، ودعا الجميع إلى الزفاف الملكي، ولكن أكثر من تفاجأ بالخبر كان الملوك الستة

لقد تفاجأ الملوك بالخبر لأنهم يعلمون بالأسطورة التي ترتبط بالأميرة ذات الجمال، فعلموا بطريقة أو بأخرى بنية الملك الذي يريد أن يقضي عليهم فور تحصله على قوّة الأميرة ذات الجمال

وقد خاف بعضهم من القوّة التي سوف تصبح لديه باقترانه بالأميرة ذات الجمال وقال:

هل تعلمون أيها الملوك

هذا الأمر خطر علينا جميعا

أنتم تفهمون معنى ذلك أليس كذلك؟

ولكن أحدهم طمأنهم وقال:

لا داعي للقلق فلكل مشكلة حلّ

الملك الآخر:

مشكلة.. ، بل قل مصيبة..

الملك:

بل.. هي مجرد مشكلة والملك كب كبوت هو من

وضع نفسه في هذه المشكلة

ونحن علينا إيجاد الحلّ

الملك الآخر:

لما لست ترى بأن الأمر مصيبة، وهكذا يمكنه أن

يقضي علينا جميعا

الملك:

لا داعي للقلق..

أنت لا تعلم ما لا يعلمه الملك كب كبوت أيضا

الملك الآخر:

وما ذلك؟

الملك:

الأميرة لم تعد تنفعه فقد تجمدت قواها بمجرد دخولها
إلى المملكة، ولن يستفيد منها شيئا

سوف يتفاجأ عندما يعرف ذلك

أظنّ أن وجهه سوف يبدو مضحكا، عندما يعلم
الأمر يدعو للفرجة والسخرية

الملك الآخر:

ولكن.. بالرغم من ذلك يجب أن نحتاط، وأن نكون
حذرين منه

الملك:

ليس هذا فقط بل أقترح أن نجتمع مساء لكي ندرس
الأمر، ولكي نضع له خطة لنوقفه عند حده

الملك الآخر:

أو ربما نتخلص منه قبل أن يتخلص منا

وافق الجميع على الاجتماع للمناقشة، والخروج بخطة
محكمة الأركان

في ذلك الاجتماع تناقش الملوك في أمر الملك الذي يريد أن ينقلب عليهم وقد تعاونوا وفكروا معا، ولكن الوقت كان أمامهم جيد ويمكنهم أن يفعلوا ما يقررونه مادامت قوى الأميرة متجمدة.

كما أن الملك سوف يكتشف بأنه لم يستفد شيئا لأنه لن يستطيع أن يجعلها كما كانت، ولن تستطيع هي أن تجعله منه ملكا بفضل قواها التي لم تعد تمتلكها.

وفي الزفاف الملكي كان الساحر المشعوذ الملك كب كبوت المغرور سعيدا، وهو يرى وجوه الملوك

الجامدة والتجهمية لانبهارهم برؤية جمال العروس الأميرة ذات الجمال التي كانت أجمل من كل نساء مملكتهم، ولا تضاهيها أجملهن جمالا بل قد لا تصلح كخادمة لديها من شدة حسنها وجمالها لم تكن محلا للمقارنة.

لم تكن نساء المملكة بارعات الجمال بل كانت لهن مواصفات أخرى مختلفة.

ربما من يراهن قد يعتبر بأنهن مختلفات، أو ربما غير جميلات أو جذابات أو بالعكس تماما قد تعتبرهن بشعات ربما.

لقد كان الفرق كبيرا وواضحا يرى بالعين المجردة، كما أن الاختلاف قد يتعدى الثياب والشكل إلى التصرفات وطريقة المشي والكلام وأيضا، وأيضا أصواتهن.

وقد كانت الأميرة هي أصغر شابة هناك فبقية النساء كن معمرات وقد مرت عليهن سنوات طويلة في

هذه الحياة، بينما الأميرة ولدت منذ وقت قصير، ولازالت تجهل الكثير عن هذه الحياة التي تبدو صعبة نظرا لما حدث معها وبهذه السرعة.

رد فعل الجميع

كما أن الملك كان يظن بأن ما يظهر على وجوه الملوك هو ناتج عن خوفهم منه وخضوعهم له، ولقواه الجديدة التي سوف يكتسبها بزواجه الأسطوري بالأميرة ذات الجمال.

ولكن كبير السحرة وكبير الملوك فاجأ الملك الساحر وهو يشرب نجب الزوجين.

وبينما هو يشاركه سعادته وأمنياته بالتنصيب ملكا عليهم جميعا أخبره بأنه قد حقق الشرط لذك.

فاجأه وأخبره بما لم يجعله يشعر بشكل جيد، وقال له:

دعني أخبرك بشي لن يجعلك سماعه سعيدا

الأميرة قد أصبحت مجرد بشرية، ولا تمتلك أية قوة لكي تتحصل عليها أنت.

أنا أصدقك الوقت..

أنت لست ملكا علينا، ولن تصبح كذلك أبدا

فلا تحلم بذلك أبدا

تفاجأ الملك وخاف مما سمعه كثيرا وكان الخوف اشد من الصدمة.

لم يكذب كبير الملوك لن كبير الملوك لا يكذب، كما أن الوضع لا يدعو للكذب ولا للسخرية.

لقد تلقى الحبر كالصاعقة وصدم لما سمعه كثيرا، وهذا ما جعله يطلب من الأميرة أن تطلق قواها ولكنها كانت عاجزة تماما.

لقد أجبرها ولكنها كانت عاجزة ولم تستطع أن تفعل شيئا، لقد اختبرها كثيرا ثم ألقى عليها اللعنات، ولكنه لم يكن يؤثر فيها.

حاول كثيرا ولكن لعناته كانت بدون فائدة، أراد أن يسحب منها قوتها، ولكنه قد اكتشف في الأخير بأنها عاجزة ولا تمتلك أية قوة

وعندما أراد أن يحولها إلى فرس لم ينفع الأمر معها أيضا.

وهكذا تأكد الملك الساحر بأن الأميرة ذات الجمال فعلا أصبحت عاجزة وبلا قوة وبلا فائدة، فسحبها من يدها وتوجه إلى قصره حيث قام بالزّج بالأميرة في

قلعة محروسة، وتفرغ هو لحل ذلك المشكل العويص
الذي نكد عليه فرحته.

مصيبة الملك

لقد حلت بالملك كب كبوت مصيبة لم يكن يحسب لها حسبان، فقد كان متأكد بيقين علمه وذكائه بأن كلما كان يحلم به اليوم سوف يصبح حقيقة بزواجه من الأميرة النادرة الأسطورة، وسوف يحكم المملكة والعالم، بل ويصبح ملكا على الملوك الستة.

فان يصبح ملكا على الملوك الستة قد كان من أكبر أحلامه التي حلم بها يوما وأن تصبح قوته ضعف قوتهم معا هذا أمر قد يكون من صنع الخيال.

أن يتحكم في المملكة ومن يدخلها ومن يخرج منها

أن يتحكم في الليل والنهار، والشمس والقمر

أن يتحكم في السحرة جميعا

أن يتمكن من القضاء عن الخالدين من السحرة
وغيرهم

أن يسافر ويدخل الأماكن الملعونة وغير المسموح
بدخولها

لقد كانت الأحلام تراوده والخيال يسرح به، وبما
يمكن أن تمكنه منه القوة التي سوف يتحصل عليها.

كان ليصبح خالدا لا يقهر، وحتى لو تواجه مع
الموت فإنه لا يوجد من داع للخوف منها.

وهكذا لم يتم الزفاف، الذي كان كل غرض الملك منه أن يجمع قوته مع قوتها لكي يصبح ملكا.

وهكذا كان يجب عليه أن يتصرف سريعا لكي يجد حلا فالوقت كان يداهمه، ولكن الحل لابد وانه كان موجودا هناك.

لقد انكب على كتبه يبحث عن المسببات لتلك المشكلة، ويبحث عن حل لها من جذور تكوينها.

في البداية اعتقد الملك الساحر بأن الملوك السحرة الستة هم السبب فيما حدث له، لقد اعتقد بأنهم هم ما قاموا بإلقاء لعنة على الأميرة وعلى زفافه من أجل أن يحرموه من أن يصبح ملكا.

إنها غيرتهم منه لأنه هو من اصطاد الأميرة وهو من يمتلكها الآن وربما يمكنه أن يجمع قوتها بقوته فيصبح ملكا عليهم.

كان كل تفكيره في أن السحرة هم السبب فربما اجتمعوا ووحدوا قوتهم من أجل إحباط مخططاته والإطاحة به، وربما القضاء عليه تماما رغم أن ذلك لم يكن ممكنا، لكن ربما يفعلون ذلك بعد أن تغيرت الظروف ربما يمكنهم خيانة عهد السحرة ونفضه.

لقد كان شبه متأكد من أن السبب هم السحرة الذين أرادوا أن يحرموه من الملك والحكم، ومن أن يصبح ملكا عليهم.

من المنطقي أن يشكّ في الملوك السحرة فقد كانوا هم أول الناس الذين يخطرون بباله، كما أنهم هم الذين سوف يستفيدون من خسارته.

فهو لم يكن ندا للشعب العادي وعامة سكان المملكة ولكن كان ندا للملوك وفوزه بتلك الجائزة التي سعى إليها سوف تؤثر عليهم وعلى حياتهم وكانوا ليخضعوا له، وإن لم يفعلوا كان ليقضي عليهم في لمح البصر، ولكن يبدو أن الأحلام قد تبخرت مع الهواء.

وقد كان هناك سبب آخر يجعله يقلق وهو أنه قد كشف كل أوراقه أمام أعدائه، وهذا بمثابة أنه قد أعلن عليهم الحرب ولكنه قد خسر سلاحه فما العمل الآن؟

هكذا سوف يفكرون هم في طريقة للقضاء عليه، وقد مازال كما في السابق ولا يمتلك إلا قوته السابقة التي لا تساوي شيئا أمام قوى الملوك الستة أن اجتمعوا معا للقضاء عليه.

ما كان الملوك ليفعوا ذلك أي جمع قوتهم لقهره سابقا، ولكن اليوم كان لابد والتفكير في خطة ما.

القضاء على الملك لم يكن سهلا ولكن الملك كب كبوت كان يريد أن يتدارك الأمور، وأيضا أن يحمي نفسه والأهم من كل ذلك استعادة الفرصة التي ضاعت منه وامتلاك القوّة العظيمة للأميرة.

ومع مرور الوقت، وهو يبحث في حقيقة الأمر اكتشف الحقيقة، لقد اكتشف الملك الساحر حقيقة الأمر فيما بعد، وعلم أن الأمر صحيح، وهذا ما أخبرته به صفحة الماء، وخط الرمل، والبلورة المضيئة، والعجوز العمياء، والغربان الخرساء.

لقد استعان الملك الساحر بالكثيرين من مستشاريه لكي يؤكدوا له حقيقة الأمر، وقد اثبتوا له بأن الأمر صحيحا.

تفاجأ وصدم ولكنه لم يفقد الأمل، وعزاؤه الوحيد كان أنه مادامت الأميرة ذات الجمال زوجته، وبما أنها الآن في حوزته فسوف يجد حلا عاجلا وليس آجلا، بينما الأميرة معززة مكرمة في سجنها في قلعتها المحروسة.

لقد وضع الملك الساحر تحت قدمي الأميرة ذات الجمال الكثير من الجواري لخدمتها، وبعض الساحرات للحراسة، فقد كانت القلعة التي هي بها مشددة الحراسة.

بينما اعتكف هو على العمل لإيجاد حل لمشكلته، وقد كشفت خططه أمام الأعداء فقد كان يعتبر الملوك السنة أعداء له.

لقد أصبح الملك كب كبوت يرى بأن كل العالم ضده، كما انه كان يشعر ولسبب ما أنه لا يمتلك أية قوّة، بل كان يشعر ببعض الضياع، ولكن لم يكن هناك وقت للشعور بالتوتر والهلوسة.

فالملوك كانوا أقوياء سحرة وأيضا حكماء ويعرفون كيف يتصرفون في الأوقات الحرجة، فهم ولّاة الأمر في تلك المملكة، ولم يكن هناك من يضاهيهم حكمة وحنكة.

الحل الوحيد

أخبرته العجوز العمياء، بأن عليه عبادة القمر الكامل بعد ثلاث ولادات، وأن يقدم القرابين لسيدة الكوارث الطبيعية من أجل أن ينال الغفران.

ولكي تحمل عن أكتافه تلك اللعنات التي حلت به بدون سابق إنذار.

كما أن العجوز العمياء قد أخبرته أيضا بأن عليه أن يغوص إلى الأعماق في بحر الظلام يوم يكون هناك كسوف للشمس.

وقد كان هناك موعد لكسوف شمس قريب بعد ثلاثة أشهر.

كما طلبت منه أن يتحدى الوحوش البحرية التي تستيقظ مع كل كسوف، وأن يقتل منها على الأقل ثلاثة وحوش، شرط ألا يصاب بخدش واحد ولا جرح وإلا فإن جراحه سوف تؤثر على طاقاته.

كان أمام الملك الساحر عمل كثير، والمسألة أصبحت مسألة وقت، وهذا الوقت سوف يمتد لعدة أشهر، ولكنه كان يعلم بأن هناك الكثيرون الذين لا يريدون له النجاح وأيضا يكرهون فكرة تقلده منصب الملك عليهم.

وخاصة الملوك الستة ولكن زواجه بالأميرة ذات الجمال قد أصبح أمرا واقعا ومسألة تقلده منصب الملك ما هي إلا مسألة وهي أمر حتمي عليهم شاءوا أم أبوا.

بالغرم من أن الملك كب كبوت لم يحتفل بزواجه كما يجب ولم يسعد ولم يعش اللحظات التي كان يحلم بها، ورغم أن ما حدث معه لم يكن انتصارا كاملا إلا أن زواجه بالأميرة هو أمر واقع.

وما كان عليه أن يركز في الجوانب السيئة، بل كان يجب عليه أن يتصرف بوعي وبسرعة، وأن يركز على الجوانب الايجابية وباقي الأمور سوف يتم تصليحها مع مرور الوقت وبجهود يجب تقديمها لفعل ذلك.

خطة الملوك

في نفس الوقت كان الملوك الستة، والذين قرروا أن يتخلصوا من ذلك الملك الأناني، والذي أراد أن ينتزع الحكم منهم.

لم يستطع أي ملك منهم أن يذق طعم النوم وقد أصبح اليوم لديهم عدو، أصبح هناك عدو بينهم وقد كان واحدا منهم ولكنه الآن عدو لهم.

إنه عدو يضاهيهم القوة، ويعرف كل أسرارهم، عدو لم يعد منهم بل أصبح عليهم، لقد كان في لأمر بعض الصعوبة لأنهم جميعا خالدون، ولا يمكنهم مثلا

أن يدبروا له حادثا لكي يقتلوه، ويتخلصوا منه إلى الأبد.

ورغم كل شيء لم تتقطع بهم السبل فهم في البداية والنهاية ملوك، وأن خلصت الحيلة من الناس لن تخلص من الملوك.

الملك يصبح ملكا مع الكثير من القوة والحكمة والحنكة، ويجب أن تتوفر فيه الكثير من المواصفات لكي يكتب له القدر انه سوف يصبح ملكا.

كما أنه مع جلوسه على العرش تضاعف كل قواه ويصبح قادرا على الإلمام بالأمور ويمتلك الرؤية العميقة للأمور، على عكس أي شخص عادي، ولو مهما كان منصبه، لذا فإن عدد الملوك حول العالم قليل.

ليس كل شخص يناسبه أن يمتلك لقب ملك وأن يجلس على عرش مملكة، وأن يصبح ملكا من الداخل

حتى الخارج، من الرأس حتى أخمص القديمين، ملكا روحا وجسدا.

لم يكونوا نائمين في تلك الفترة التي كان الملك الساحر يجدد طاقاته، ويحاول أن يخرج بحلّ لمشكلته وبنتيجة إيجابية لوجود الأميرة ذات الجمال بجانبه.

جزاء الخيانة

لم ترق فكرة خيانة الملك كب كبوت الملوك الستة ورأوا بأنه وقح جدا ومخادع ولم يستطيع أي منهم تقبل فكرة أنه من الممكن أن يصبح ملكا عليهم، لذا هم عقدوا العزم على الإطاحة به، ومهما كانت المجازفات أو الثمن لفعل ذلك كان.

الأمر الوحيد المهم هو فوزهم عليه في هذه الحرب التي أعلنها هو عليهم.

لقد فكروا في حلّ وتناقشوا فيما بينهم لمرات عديدة ولم يكونوا معجبين بطموحه الأعمى هذا، فهو لم يعد واحدا منهم منذ أن أعلن زواجه بالأميرة وبذلك أعلن الحرب عليهم، لأنه أراد أن يصبح كبيرهم وقائدهم وملكا عليهم، وليس مجرد واحد منهم.

وليس فقط ذلك بل كانوا يعلمون جيدا بأنه كان قد خبأ لهم مصيرا جيدا بعد أن يتقلد ذلك المنصب، فأوامر الملك لا تعصى وفي تلك الحالة كلما يأمر به سوف ينظر له على أنه أمر، وأمر صائب أيضا.

لقد كانوا يتوقعون أن ينقلب عليهم، ولن يقبل بأن يظل هناك ند له على كل أراضي المملكة.

إنه من التفكير المنطقي أن يقضي القوة على أي خطر قد يحدق به، ومن العجيب أن كانوا ملوكا متفاهمين وهم متقاربون من حيث القوة.

بعد طول نقاش وبعد طرح الكثير من الاقتراحات، قرر الملوك أن يتخلصوا من الملك الساحر كب كبوت، ولكن لم تكن هناك طريقة أو وسيلة لفعل ذلك.

لم تكن هناك طريقة لفعل ذلك فهم جميعا خالدون ولا يموتون، وقد كانت الرغبة التي لديهم هي قتله، وليس أي أمر آخر.

والمشكل الآخر هو أنهم كانوا أي الملوك السبعة يتساوون في القوة تقريبا، ولن يستطيعوا أن يتصارعوا معه داخل المملكة والذي هو أمر خارج عن قوانين المملكة وممنوع تماما.

فمن يقدم على التحدي، أو يخرج عن قوانين المملكة يتم مسخه إلى تمثال في الحال ويصبح عبرة لغيره.

وهكذا بعد طول نقاس وكثرة تفكير قرروا أن يتخلصوا منه وبذكاء.

وقد كان لكل منهم اقتراحات كثيرة وبعد مشاورات لعدة أيام وأسابيع بل دامت لشهر كامل، وقد كان كل ملك منهم يأتي باقتراح فيتناقشون فيه، ويضعوا الاحتمالات لنجاحه، والفرضيات لفشله وكل يعطي رأيه وقد كانوا يعطوا كل ملك وكل فكرة الوقت الكافي للدراسة والتمحيص

وقد كانت الفكرة الأساسية هي التخلص من الملك ولكن البحث كان عن الطريقة، توصلوا أخيرا إلى حلّ وهو قتله بطريقة سلمية ذكية، وبدون حرب على الإطلاق ولكن كيف ذلك؟

لم يكن الأمر سهلا بل كان غاية في الصعوبة،
ولكي يموت أي شخص في المملكة، يجب أن يدخل
الموت إلى المملكة.

ولكنهم جميعا يعلمون بأنه، وبفضل لعنة الساحرة
العجوز، قد أصبح الموت لا يعرف لهم طريقا.

ولأن رغبتهم في التخلص من الملك الساحر كب
كبوت هي أقوى من مخاطرة كالتي سوف يقدمون
عليها، فكروا في تقديم دعوة للموت لكي يدخل إلى
مملكتهم.

لقد كانت مخاطرة عظيمة، ولكن لقد وافق عليها كل الملوك، وقرروا أو يفتحوا طريقا أمام الموت مرة أخرى لكي يطأ أرضهم بعد أن كان لا يعرف لهم طريقا بعد لآلاف السنين.

لقد كانت أرضهم لا تظهر على خرائط الموت لذا الموت لا يعرف لهم طريقا، لذا ومن أجل دعوته كان يجب أن يوجهوه إلى حيث المملكة.

ولأن اللعنة تحيط بالمملكة وتحصن المكان قرروا أن يجعلوا فيها ثقبا، أرادوا أن يشرخوا اللعنة أن يجعلوا ثقبا في الحصن حول المملكة، مجرد ثقب صغير وموجه أيضا.

الملك الأول:

أيها الملوك.. يجب أن نفكر جيّدا لكي نجد الحل النهائي، والذي يخلصنا من هذه المشكلة والى الأبد.

الملك الثاني:

أجل.. معك حق ، وأنا أؤيدك تماما، إذ يجب علينا أن نجد حلا بلا تبعات، لكي لا نعاني فيما بعد.

الملك الثالث:

هذا تفكير جيّد، وصائب ولكن ما الحل؟

أعتقد بأنه يجب أن نفكر بحكمة

الملك الرابع:

بل.. ، أن نفكر بنفس طريقة تفكير الملك كب كبوك، وان لم نتفوق على طريقة تفكيره فإن كل خططنا عنده مكشوفة.

الملك الخامس:

كل كلامكم صحيح، ولكن يجب أن نركز على الهدف فلا وقت أمامنا، من لديه خطة فليقلها لنا.. ، أنا أفكر في عدّة أمور ولكن أظن أنني سوف انتظر اقتراحاكم واسمعها بالأول.

الملك السادس:

لا داعي للاقتراحات، ما يجب فعله هو التخلص من كب كبوت فلنلقي عليه لعنة ونحوله إلى حجر.

الملك الأول:

ألا تظن بأنه احتاط من هذا؟

الملك الثاني:

إذن.. لنقم بسجنه أو نفيه.

الملك الثالث:

هذا ضد قوانين المملكة، وسوف نكون أول الخاسرين

الملك الخامس:

لنقم بقتله.

الملك السادس:

لا تقل كلمة قتل، الموت لا يعرف طريقه إلى مملكتنا

لنستدعي الموت

الملك السادس:

لنقدم له روحا مقابل أن لا يعود

الملك الأول:

الفكرة لا بأس بها، ولكن يجب التفكير فيها بدقة

الملك الثاني:

لا بأس بها بل قل جيّدة ولكن كيف للموت أن يأتي دون أن يأخذنا جميعا معه

الملك الثالث:

لا بأس يجب أن نشترط عليه، وأن لا يدخل المملكة إلا بإذن ودعوة.

الملك الرابع:

وأيضا نحن لن نفتح له الأبواب، بل سوف نفسح له مجالا صغيرا جدا للدخول، وبمجرد أن يموت كب

كبوت يرجع من حيث عاد، ولا يتذكر الطريق لأنه لن

يعرفها، بل سوف يتبع دعوة نرسله له.

الملك الخامس:

حسنا..، إذا يجب أن نرسل له دعوة من أجل كب

كبوت، ولكن كيف سوف يتعرف عليه؟

ماذا لو أخطأ في أحد منا؟

الملك السادس:

معك حق..، من أجل ذلك..، أنا اقترح أن يكون موته

بسكتة قلبية.

الملك الرابع:

لا يوجد ما هو أسهل من ضغط قلب، لكي يصبح غير

قادر على النبض، وأنا أجيد فعل ذلك في لمح البصر.

الملك الثالث:

كلنا نستطيع فعل ذلك ولكن مثل هذه الأمور ممنوعة علينا منعا باتا، لأنها تجلب الموت أسرع من أية طريقة أخرى للموت.

الملك السادس:

لا تستعجلوا..، فلكل مشكلة حلّ..

الملك الخامس:

لن نقوم بأي شيء من هذا القبيل، بل سوف نجعله يصاب بسكتة قلبية من تلقاء نفسه.

الملك الرابع:

ماذا تقصد..؟

الملك الخامس:

أنتم تعلمون بأن السكتة القلبية تحدث لعدة أسباب،

سوف نرسل إلى كب كبوت خبرا قاتلا..

خبرا يجعله يفقد وعيه، بل يجعله يصاب بسكتة قلبية،

وفي تلك الحالة بالذات سوف يحلّ عليه الموت

خبر.. يؤلمه في قلبه..

الملك الثاني:

وهل لكب كبوت قلب لكي يؤلمه؟

الملك الرابع:

لا تكن متشائما أيها الملك فلتتحلى بالإيمان

الملك الثالث:

وما هو الخبر الذي سوف يؤلمه إلى هذه الدرجة؟

الملك السادس:

يجب أن نفكر في خبر يفجعه..

الملك الخامس:

الخبر عندي..

الملك الثالث:

وما هو هذا الخبر الذي سوف يحقق لنا مرادنا؟

الملك الأول:

هيا أخبرنا..

الملك الرابع:

أنت تحاول أن تجعلنا نتشوق، هيا تكلم الوضع لا يتحمل، وإن لم يعجبنا الخبر سوف نبحث عن غيره.

هيا..

الملك السادس:

يا لك من ملك ويا له من حسّ فكاهة، هيا تكلم أنت تجعلني اشعر بصداع..

الملك الخامس:

هاهاه..

حسنا.. سوف أخبركم..

الخبر المفجع هو "هربت الأميرة"

الملك الرابع:

هل تقصد بكلامك الأميرة ذات الجمال

الملك الأول:

وكيف قد تستطيع الهرب، وهو يحكم عليها الخناق،
ويضع لها من الحراس الكثير

الملك الثالث:

ربما إن ساعدها أحد قد تهرب منه، ولكنها لن تستطيع
الخروج من المملكة أنتم تعرفون القوانين.

الملك الثاني:

وهل سيصدق كب كبوت خبر أن الأميرة ذات الجمال
قد هربت هو خبر صحيح.

الملك الخامس:

طبعا.. سوف يصدقه إن جاءه بالخبر شخص أمين مثل خادمه الأمين

الملك السادس:

من كلامك يبدو أن لديك خطة محكمة

الملك الخامس:

طبعا..

الملك الأول:

إذن.. لما تجعلنا نفكر كثيرا؟

الملك الخامس:

طبعا.. لدي كل أركان الخطة، لقد كنت أمزح معكم.

الملك السادس:

هيا كف مزاحا وأخبرنا بكل التفاصيل، والأمور التي يبدو أنك قد فكرت فيها سابقا.

لقد كانت الخطة أن توجه دعوة للموت باسم الملك كب كبوت، وأن يجد الموت الملك كب كبوت وحده، الملك الساحر كب كبوت.

لم يكن ذلك الساحر ليموت بأية طريقة كانت، فهو لا يمرض أبدا، ولا بأي مرض خطير كان أو بسيط، ولكن كان يجب أن يجدوا طريقة لمفاجأته وفجعه لكي يدخل إليه الموت مباشرة ويباغته

لقد كانت الفكرة هكذا..

دعوة الموت

يجب أن يقدموا دعوة للموت من أجل الملك، وان يوجهوه وان يفسحوا له المجال وان يوضحوا له الطريق وفي نفس الوقت يجب أن يقوموا بتحضير الملك الساحر كب كبوت لكي يتلقى هديته.

هدية زفافه وللترحيب به كملك عليهم، ولكن الملك كب كبوت ملك مميز، والمناسبة مميزة، والمهدي هم ملوك مميزون، لذلك كان يجب أن يجدوا له هدية لا

مثيل لها، هدية لا يمكن أن تضاهيها هدية، هدية لا مثيل لها تليق بالمهدي والمهدى إليه.

كان يجب أن يفجع الملك بخبر ما ويتفاجأ حدّ السكتة القلبية لكي تخطف روحه.

ولكن الملك كان قويًا وصلبًا وشديد الأعصاب، لم يكن له قلب تقريبا ولا يؤثر فيه أي شيء.

وهذا ما جعلهم وبعد توصلهم إلى الخطة، والحل أن يجتهدوا في التفكير في أمرين مختلفين.

الأمر الأول

في دعوة الموت دون أن يتسلط عليهم، أو يعرف طريق أرضهم بعد ذلك.

بل كانوا يريدون تقديم دعوة صالحة لمرة واحدة، دعوة دخول وخروج دون أن يعود الموت للدخول إلى مملكتهم مرة أخرى، ولا أن يعرف الطريق التي أدخلته عبرها الدعوة.

والأمر الثاني

كان يجب أن يفكروا في خبر يجعل الملك يعاني تلك الصدمة القلبية، خبر مفجع رغم أن كثير الأخبار لا تهز من شعرة من شعر الملوك.

اقتراب النهاية

وبعد شهرين من البحث الذي قام به الملوك الستة توصلوا إلى أن أكثر أمر يهم الملك الساحر كب كبوت، هو أن يصبح ملكا وقد أصبح من حيث الزمن أقرب لتحقيق هدفه في أن يصبح ملك المملكة بأكملها، وملكا عليهم هم أيضا.

بل.. وملكا على العالم.

لم يبق أمام الملك الساحر إلا يوم واحد، لكي تتحقق النبوءة ويتحقق حلمه ويصبح ملكا، لقد قام بكل الصلوات وقدم كل القرابين والتضحيات، وهكذا كان

يعلم بأنه لا يفصله عن الموعد الموعود إلى بضع ساعات، لذا قرر أن يحتفل بانتصار المحتم.

لقد كان من أكبر انتصاراته انتصاره على وحوش البحر المظلم الثلاثة، وقد قتلهم في تلك الليلة بالذات لذا أمر بالاحتفال.

الخبر القاتل

لقد كان سعيدا بانتصاره وأراد أن تحتفل كل المملكة، وبينما كل المملكة ساهرة في رقص وغناء، جاءه خادمه الأمين وقال له:

وهو يرتجف خوفا ويتلعثم في الكلام لأن ما سيخبره به هو أمر خطير..

سيدي..

سيدي..

الملك الساحر:

وما الأمر يا أيها الخادم الأمين؟

الخادم الأمين:

سيدي.. لقد وقع أمر خطير

الملك الساحر:

وما هو؟

الخادم الأمين:

سيدي..

الملك الساحر:

لما تتلعثم؟

تكلم وإلا قطعت لك لسانك

الخادم الأمين:

سيدي.. لقد وقع حادث

الملك الساحر:

أين؟

وما مدى خطورته؟

الخادم الأمين:

سيدي لقد هجمت وحوش برية، وهدمت قصر الأميرة

الملك الساحر:

هيا.. تكلم ما الذي حدث بالضبط؟

الخادم الأمين:

سيدي.. لقد هجموا على الساحرات والحراس، ألقوا القبض على بعضهم، ومسخوا بعضهم إلى تماثيل وحجارة.

هنا بدأ الخوف يدبّ في الملك الساحر كب كبوت فقال:

وماذا بعد؟

تكلم.. أيها اللعين..

الخادم الأمين:

سيدي.. لقد حدث أمر رهيب

الملك الساحر:

وماذا بعد؟

الخادم الأمين:

سيدي.. أنا لا استطيع

الملك الساحر:

أقول لك.. وماذا بعد؟

هل أصبت بالصمم؟

هل جننت؟

أقول لك: (وصرخ بأعلى صوته)

ماذا بعد؟

الخادم الأمين:

سيدي.. سيدي..

الملك الساحر:

هيا تكلم.. وإلا مسختك

لقد كان الأمر يتعلق بالملوك الستة

قد قاموا بدعوة الموت للدخول من ثقب إلى المملكة لقبض روح من يتفاجأ بخبر والمقصود الملك الساحر.

كان الخبر الذي يفجعه هو هرب الأميرة ذات الجمال، وعندما يتفاجأ بذلك الخبر لدرجة السكتة القلبي بذلك الخبر تقبض روحه.

توصل الملوك إلى تلك الفكرة وقرروا أن ينفذوا الخطة في أقرب فرصة، وبالتزامن مع دعوة الموت.

وهكذا كانت خطتهم، ولأن الخادم المكلف بإيصال الخبر إلى الملك كبي كبوت هو خادمه الأمين والذي لا يمكن أن يأتيه بخبر كاذب، فقد كانوا متأكدين من أنه سوف يصدقه ومع تصديقه سوف يفجع.

كما أن خطة إخراج الأميرة من المملكة كانت خطتهم، ولولا أن كانت خطتهم لما تمكنت الأميرة من الهروب أبدا، ولبقيت أسيرة تلك المملكة المظلمة إلى الأبد.

وكان من الممكن أن يطمع أي منهم في أن يأسرها لديه، أو ربما يتزوجها من أجل التحصل على قوتها ولكن...

لكنها كانت أميرة واحدة وهم ستة ملوك، ولن يرضى أي منهم بأن يتزوجها غيره لذا اتفقوا على استبعاد فكرة أن يتزوجها أي منهم هذا كان السبب الأول في نجاتها من قبضتهم.

أما بالنسبة للسبب الثاني فقد كان يجب عليهم أن يقدموا بعض التضحيات لكي يقبل عملهم، وتسير خطتهم على أحسن ما يجب، لذا هم وعدوا بإطلاق سراحها في حالة ما إذا قبضت روح الملك كب كبوت، وأن لا يصيبها أي مكروه.

وقع الخبر على الملك كب كبوت

لم يتحمل الملك ذلك الوضع، وكيف أن الخادم لا يتكلم لقد كان فعلا سوف يمسخه أن لم يتكلم أو يقطع له لسانه..

فقال:

لأخر مرة أن تتكلم سوف تندم ندما عظيما

الخادم الأمين:

وَ..

وَ..

وَ..

الملك الساحر:

وَ.. ماذا؟

الخادم الأمين:

وَ "وَ هربت الأميرة"

تفاجأ الملك الساحر كب كبوت بتلك الجملة التي سمعها، وخرجت عيناه من رأسه ولم ينطق بكلمة واحدة، لأنه صدم حتى قبضت روحه في الحال ومات.

لقد مات بالفعل، مات الملك العظيم والساحر القوي، مات بسماع جملة واحدة.

جملة قد سمعها فسكت قلبه عن الحياة، وقبضت روحه وأصبح جسده خاليا من الروح والحياة.

من كان يظن بأن الملك سوف يموت بهذه السهولة

ومن كان يظن بأن هرب الأميرة، هو خبر قاتل بالنسبة لذلك الملك الساحر.

لقد هربت الأميرة ذات الحسن، الأميرة الجميلة قد لاذت بالفرار من الملك الساحر ومن تلك المملكة الكئيبة بالنسبة لها.

هربت ونجت بحياتها.

وأخيرا يمكنها أن ترى الحياة والدنيا، كما لم ترها سابقا، وأخيرا يمكنها أن تعيش حياتها دون خوف

دون قلق..

دون ترقب لحدوث أمر سيء، فقد حدث معها أسوء ما يمكن للمرء أن يتوقعه.

قتل الكثيرون من أهلها وخطفت يوم زفافها وأسرها ملك ساحر مشعوذ قوي، وكان يريد أن يرتبط بها وبأن يسلبها قوتها العظيمة.

لقد انتهى الكابوس وعادت الأميرة إلى الحياة الجميلة بكل تفاصيلها، ويمكنها أن تبدأ الطريق من جديد.

يمكنها أن تبدأ حياتها وهي تعلم بأنها في أمان، فلا أحد يتجرأ على الاقتراب منها وما فعله ذلك الملك كان مجازفة قد أودت بحياته.

ومنذ ذلك اليوم أصبح الموت يعرف الطريق إلى تلك المملكة، رغم كل الاحتياطات التي اتخذها الملوك الستة ولكن بلا جدوى، وأصبحت لعنة تلك الساحرة ضعيفة ولا تعمم على كل المملكة.

وكل فترة يموت لهم شخص ما..

فكان هذا هو عيب اللعنة التي ألقاها الملوك الستة، ولكنهم قد تخلصوا من الملك الساحر كب كبوت، ذلك الملك الجائر والأناني، ذلك الملك الخائن والمنقلب الذي لا أمان له ولا أمان معه.

ذلك الملك الذي أراد أن يصبح ملكا عليهم وهم لم يغفروا له طموحه الأناني هذا حتى بعد موته.

هروب الأميرة

أما بالنسبة للأميرة فقد هربت فعلا، لقد هربت ومن ساعدها على الهرب هم الملوك الستة وفي تلك الليلة بالذات، التي كان الملك الساحر يحتفل بانتصاره، فخسر كل شيء حتى أميرته وهدفه وحياته.

خسر أميرته التي هربت وخسر القوة العظيمة التي كان يحلم بها، كما أنه قد خسر الخلود ونعمة الحياة.

ولكن هروب الأميرة لم يكن بالأمر الهين، ولا بالأمر الممكن لولا مساعدة الملوك الستة لها، فهم من

قاموا بتحضير الخطة، وهم من قاموا بكل الترتيبات لجعل ذلك ممكنا بل وسهلا.

عادت الأميرة ذات الجمال بعد هربها إلى وطنها واستعادت قواها العظيمة.

لقد كان هروب الأميرة سببا في موت الملك الساحر المشعوذ الملك كب كبوت.

هروب الأميرة قتل الملك الحالم الطامح الطامع في ملك يدوم.

الملك الذي اعتقد بأنه قد امسك العالم بين يديه بإمساكه بالأميرة ذات الحسن، الفرس الأصيلة التي لا مثيل لها على وجه الأرض.

الملك الذي لم يكتف بكونه يعيش منذ سنوات عديدة، وكانت لازالت أمامه حياة أبدية لأنه كان خالدا، ولكنه غير قدره بيده، فبتصرفه الأرعن اكتسب أعداء كانوا هم من قضوا عليه.

لقد كان الطمع هو ما أعمى عينيه، وجعل طموحه عال وغير معقول حتى وقع على رقبته، وكسر عنقه ومات.

فلو كان عاش مثلما عاش دائما لما تطاول عليه أحد لأنه ملك ويعيش بصحبة ملوك، ملوك قد وضعوه بين أعينهم بعد أن تعرضوا للخيانة من طرفه.

الشخص يخسر كل شيء أن كان خائنا ولو مهما كانت مكانته في المجتمع أو بين الناس، الخائن ترجع عليه الخيانة يوما ولو تأخرت قليلا.

الشخص لا ينجح إلا بالاستقامة والنزاهة، فبالخلق الحميد والجهد الحقيقي يصل إلى كل مبتغاه، ويحقق أهدافه بصعود الدرج درجة درجة.

ومن استعجل أو أخذ الطرق المختصرة التي لا يعلم خطورتها، أو الطرق الملتوية التي فقد تلتوي على رقبته وتقضي عليه.

صعود السلّم أحيانا أكثر سلامة من المصعد فقد يتعطل المصعد ولا تصل إلى وجهتك إلا متأخرا بعد حلّ مشكلة المصعد نفسه، أما السلم فهو الحلّ الأسلم ومن أجل ذلك..

فمثلا نجد بأنه يوجد سلم طوارئ، ولا يوجد مصعد طوارئ، مع اختلاف الوجهة إن كانت صعودا أو نزولا، ولكن الغاية نفسها النجاح أو النجاة بالنفس.

مفارقات الحياة

عندما ولدت الأميرة وبلغت سن الزواج، وكانت تنتظر الاحتفال الأكبر وسط أهلها وعشيرتها، كانت تعتقد بأن الحياة جميلة، وبأن كلما ينتظرها هو الفرح والسرور وكل سعادة الحياة ولكن انقلبت الموازين في يوم وليلة.

وعندما أسرها الملك كب كبوت وأمر بإقامة الزفاف، وعلمت بأنه سوف يسلبها قوتها، ورأت ذلك السجن الذي وضعها فيه، وعرفت كلما يتعلق بالمملكة

المظلمة، وأن من يدخلها لا يستطيع الخروج منها فحتى الموت لا يعرف الطريق إليها، اعتقدت الأميرة في تلك الحالة بأن الظلام قد حلّ وأنه لا نور ولا صباح ولا فجر قد ينير وأن الحياة سوداء وانه لا أمل أمامها بالفرار رغم أنها كانت هي صاحبة القوة العظمى في أهلها.

لقد اعتقدت بأن هذه هي هدية الحياة بالنسبة لها، ولكن.. فجأة.. جاء الحل.. وانقلبت الموازين مرّة أخرى وأصبحت حرة.. وكأنها معجزة حصلت معها.

Sommaire